L'AVENTURE

DE

LA GRAND'LOUISE.

1874.

27

SOCIÉTÉ

DES

BIBLIOPHILES NORMANDS.

N° 57.

—

MINISTÈRE DE L'INSTRUCTION PUBLIQUE.

L'AVENTURE

DE

LA GRAND'LOUISE

PAR

L'ABBÉ J.-B.-V. FRÔ

PUBLIÉE AVEC UNE INTRODUCTION

ET

QUELQUES OPUSCULES DE MÊME AUTEUR

PAR

S. DE MERVAL

ROUEN

IMPRIMERIE DE HENRY BOISSEL

—

M.DCCC.LXXIV

INTRODUCTION.

La réimpression de cette plaquette terminée depuis longtemps aurait été distribuée dès le mois de mai dernier aux membres de la *Société des Bibliophiles normands*, si nous n'avions espéré pouvoir y joindre quelques renseignements biographiques sur son auteur peu connu, dont le nom seul est mentionné sans autres détails dans le *Manuel du bibliographe normand* ; malheureusement ce que nous avons découvert ne nous fera peut-être pas pardonner ce retard par nos confrères.

La rareté de cet opuscule (1), la singularité du fait à l'occasion duquel l'abbé Frô a composé le remerciement en vers qui en suit la relation, ont déterminé le bureau à voter, pour être inséré dans le volume des *Miscellanées*, cette curieuse publication quoique peu remarquable au

(1) Nous ne connaissons que notre exemplaire, qui provient de la vente de M. Lesage, de Caudebec, et un second appartenant à M. l'abbé Sauvage, aumônier du collége de Dieppe.

point de vue littéraire ; mais en faisant des recherches sur
l'abbé Frô, nous avons retrouvé quelques autres œuvres
de lui qui nous ont paru dignes d'attention et nous avons
demandé à l'assemblée générale du 7 mai 1874 l'autorisa-
tion, qui nous a été accordée, de réunir à la pièce princi-
pale, celles qui nous avaient été signalées par M. de Beaurepaire et par M. l'abbé Sauvage et par suite d'en faire
une publication spéciale.

Une pauvre femme de Caudebec, veuve d'un nommé
Mélion et appelée dans sa ville la Grand'Louise, désolée
que son fils eut tiré le billet noir, qui l'obligeait à servir
dans la milice, imagine en 1758 de partir à pied pour Versailles, afin d'aller demander au roi de lui rendre son fils.

Arrivée après quatre jours de marche devant la demeure
royale, elle s'introduit, on ne sait comment, dans le parc,
est aperçue par l'Infante duchesse de Parme (1) qui la
fait monter dans son appartement, l'interroge, s'intéresse
à elle et avec l'aide du Dauphin, demande à son père et
obtient la libération du jeune Mélion.

La princesse ne se borne pas à ce bienfait, elle donne
une forte somme à la pauvre paysanne et y joint de

(1) Louise Elisabeth de France, fille ainée de Louis XV et de Marie
Leczinska, appelée Madame première, mariée le 26 août 1738 à Dom
Philippe, infant d'Espagne, duc de Parme, fils de Philippe V, roi
d'Espagne et d'Elisabeth Farnèse, morte de la petite vérole au mois
de décembre 1759.

grandes aumônes qui furent distribuées aux pauvres de Caudebec, le 8 octobre de cette année, au milieu des transports de reconnaissance et d'allégresse des habitants de la ville.

Le souvenir de ces largesses n'aurait point été conservé sans notre plaquette, car il n'en reste aucune trace dans les archives de la paroisse, dans les registres municipaux, ni dans le fond de l'Intendance; MM. de Beaurepaire. l'abbé Sauvage et l'abbé Lozay, ancien vicaire de Caudebec, aujourd'hui curé de Gonnetot, qui ont compulsé ces différentes archives, m'ont affirmé n'y avoir pas même trouvé mention de ce petit fait d'histoire locale (1). La distribution solennelle, dont parle l'abbé Frô, aura sans doute été faite par ses soins ou par ceux du curé, qui était alors Louis Pascal Foloppe, auquel l'abbé Miette, dans son manuscrit sur Caudebec, a consacré une intéressante notice, qui a déjà été utilisée par M. l'abbé Cochet dans son histoire des églises de l'arrondissement d'Yvetot. La plaquette que nous reproduisons avec ses têtes de page est un in-4° de 16 pages, de 24 centimètres sur 17, que nous faisons suivre de quatre pièces de vers de l'abbé Frô, une française, qui n'a jamais été publiée, et trois latines, couronnées par l'Académie de l'Immaculée Con-

(1) On ne trouve pas même le nom de Mélion dans les registres municipaux.

ception en 1753 et 1756 et qui ont obtenu *la Ruche, la Tour,*
et *le Soleil.* Nous les avons copiées sur le registre, qui contient les pièces de poésies ayant mérité les prix, et appartient à l'Académie de Rouen. Nous donnons en marge les quelques variantes des trois pièces latines imprimées dans le recueil publié en 1760 chez Et.-Vinc. Machuel.

On savait par la signature de ces pièces que Jean-Baptiste-Victor Frô était né à Rouen ; mais on ignorait et l'époque de sa naissance et celle de son élévation à la prêtrise ; la signature inscrite au bas de la première pièce (v. Appendice I.), et une note de l'abbé Guiot prouvent qu'il n'était qu'acolyte, en 1751, et encore au séminaire en 1753. (1) ; c'est donc seulement entre cette dernière époque et 1756, qu'il est devenu prêtre. — De 1756 à 1759, il faisait le service de l'autel dans l'église de N.-D. de Caudebec (2). Plus tard il fut nommé curé de Fontenailles dans le diocèse d'Auxerre, dont les archives ont été dispersées au moment de la Révolution, ce qui ne

(1) En rendant compte de la séance dans laquelle furent distribués, en 1753, les prix de l'Académie de l'Immaculée Conception, l'abbé Guiot s'exprime ainsi : « les hymnographes couronnés l'année dernière, Levasseur et Jacques François Coge, du séminaire de Joyeuse, avaient eu probablement pour émule l'auteur de l'hymne *Tenere Fletus....* C'était Frô, de même âge et état que les précédents. » (Hist. manuscrite de l'Acad. — Bibl. de Rouen Y. 69).

(2) Registre des comptes de la Fabrique de l'église N.-D. de Caudebec. (Note fournie par M. l'abbé Lozay).

permet de connaître ni l'époque de sa nomination à la cure de Fontenailles, ni celle de sa mort. Cependant son souvenir n'est pas perdu dans son ancienne paroisse, il y a laissé une grande réputation de science et de sainteté.

M. le curé de Taingy, chargé du service de Fontenailles, sollicité, à notre instigation, par l'archevêché de Sens, de consulter les archives de cette paroisse, a bien voulu faire des recherches sur l'abbé Frô et nous extrayons de sa réponse les lignes suivantes : « Aucun « document écrit n'existe à Fontenailles sur l'abbé Frô, « qui fut curé de cette paroisse avant la Révolution ; mais « j'ai consulté les anciens du pays, qui m'ont répondu « que l'abbé Frô était mort à Fontenailles, que son corps « avait été déposé dans l'église sous l'autel, qu'il jouis- « sait d'une grande réputation de science et de sainteté, « qu'un jour qu'il était en voyage, il rentrait à la hâte « pour lire la Passion dans la crainte d'un orage qui me- « naçait la contrée ; mais à peine arrivait-il au pays que « la tempête éclatait avec violence. Aussitôt, le saint « homme tombe à terre les bras étendus en croix ; les « nuages semblent se séparer au-dessus de sa tête, et « portent ailleurs les ravages qu'ils renfermaient dans « leurs flancs. Le troupeau épargné reçoit alors son pas- « teur au milieu de la joie et des bénédictions. »

Les poésies françaises de l'abbé Frô sont médiocres,

les latines sont très supérieures, elles ne sont dépourvues
ni de grâce, ni d'élégance.

L'une, des pièces que nous publions aux Appendices
(v. Appendice II), *Hymnus in honorem cordis sacratissimi
sanctissimæ Virginis Mariæ, qui retulit alveare* 1753, offre
de plus une particularité curieuse qui va nous permettre
de résoudre un problème de propriété littéraire et de
reporter sur l'abbé Frô l'honneur que les bibliographes
accordaient à un autre prêtre du diocèse de Rouen (1).

M. l'abbé Loth, dans son *Etude biographique et littéraire
sur Urbain Robinet*, p. 51-54, publie deux lettres de l'abbé
Terrisse et une du R. P. Joseph de Monténard, vicaire de
la Chartreuse de Rouen, qui constatent que ce dernier
est l'auteur de l'office du Sacré-Cœur de Marie.

M. l'abbé Langlois, dans une note autographe que nous
possédons, écrite sur la première page d'un exemplaire
de cet office, imprimé en 1763 chez Ferrand l'aîné avec
l'approbation du vicaire général Terrisse, en date du
20 août 1762, dit aussi qu'il a été composé par de Monténard de Tressan, chartreux de Rouen, et cite à ce sujet
une note manuscrite de Pluquet.

L'office peut bien avoir été composé par Joseph de
Monténard; mais le révérend chartreux a évidemment

---

(1) C'est M. l'abbé Sauvage qui nous a mis sur la voie et nous a
signalé le plagiat fait à l'abbé Frô.

pillé l'abbé Frô pour l'hymne des secondes vêpres qui
est justement admirée. C'est à peine s'il a changé quelques mots à l'hymne couronnée en 1753 par l'Académie
de l'Immaculée-Conception et imprimée en 1760 dans
le recueil de ses travaux; nos lecteurs en jugeront en
comparant le texte des deux pièces, (celui de l'hymne
de l'office du Sacré-Cœur de Marie étant imprimé dans
la note de l'Appendice II) et restitueront à l'abbé Frô la
gloire qui lui appartient justement, son hymne étant
connue dix ans avant l'apparition de l'office du R. P.
de Montenard.

ABREGÉ DE L'AVENTURE
DE
LA GRAND'LOUISE,
AVEC
LE TRÈS-HUMBLE ET TRÈS-RESPECTUEUX
REMERCIMENT
Préfenté par Elle
A SON ALTESSE ROYALE
MADAME
LOUISE=ELIZABETH
DE FRANCE,
INFANTE DUCHESSE DE PARME.

A ROUEN,
De l'Imprimerie de Jacques-Nicolas-Besongne,
Cour du Palais.

M. DCC. LVIII.
AVEC PERMISSION ET APPROBATION.

A MADAME

L'INFANTE

DUCHESSE

DE PARME.

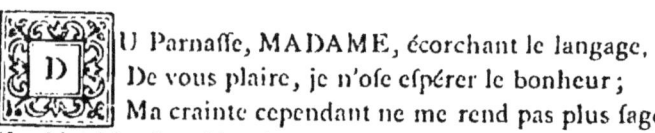 U Parnaſſe, MADAME, écorchant le langage,
De vous plaire, je n'oſe eſpérer le bonheur ;
Ma crainte cependant ne me rend pas plus ſage,
Vos bienfaits ſignalés m'ont enflé le courage,
Et j'oſe les chanter en Verſificateur.
Quoiqu'en diſe Apollon, que peut-être j'outrage,
Je n'ai pu m'empêcher de ſuivre mon ardeur ;
   De ces bontés j'ai crayonné l'image,
     Et ma main, à VOTRE GRANDEUR,

En offre l'humble hommage.
Puiffe un jour ce petit Ouvrage,
Qui vante les vertus de votre tendre Cœur,
Avoir la gloire & l'avantage
De mériter votre faveur,
Et l'honneur de votre fuffrage :
Ce font les vœux de fon Auteur.

J. B. V. Frô, Prêtre.

DÉTAIL ABREGÉ
DE L'AVENTURE
De la Grand' Louise.

L'A Grand'Louise, qui fait le sujet de cette Aventure singuliére, est une femme de Caüdebec en Normandie, veuve d'un nommé Mélion, de la plus obscure & plus basse naissance, & d'une fortune à peu près égale à son extraction. Son fils, l'unique appui de sa vieillesse, ayant pris le billet noir à S. Wandrille, lieu ordinaire où se tirent les Milices du Pays, elle résolut d'obtenir son congé à quelque prix que ce fût. Pour cet effet, elle s'adressa à M. l'Intendant de Rouen, qui, trouvant ses demandes peu judicieuses, ne voulut point l'écouter. Déchue par-là de l'espérance dont elle s'étoit flattée, elle forma la résolution d'aller se jetter aux pieds du Roi, persuadée qu'elle obtiendroit de la bonté de ce grand Monarque, ce que M. l'Intendant de Rouen n'avoit pas cru devoir accorder à ses larmes.

Elle se met donc en chemin, & après quatre jours de marche arrive à Versailles, où, conduite par son heureuse étoile, elle trouva le moyen de percer jusqu'à l'entrée du

Château. S'étant arrêtée quelque tems à contempler plusieurs
statues qui en font le frontispice, Madame L'INFANTE (cette
généreuse Princesse, dont nous aurons tant d'occasions d'ad-
mirer les vertus) ouvrit la croisée de son appartement, &
ayant jetté la vue sur elle, lui fit plusieurs questions sur son
état, & le sujet de sa venue. Emue du récit des malheurs de
cette pauvre Paysanne, elle lui fit d'abord quelques aumônes,
& ensuite daigna s'humaniser avec elle jusqu'à entrer dans
une conversation, si j'ose dire, familière, dont l'état, la façon
de vivre, les plaintes & les pleurs de cette Malheureuse furent
toujours le sujet, & dont des aumônes considérables pour la
Paysanne furent toujours le fruit.

Cette incomparable Princesse porta même sa compassion
si loin, qu'elle la fit monter dans son appartement, pour
épancher plus librement sur elle, toute la tendresse de son
cœur, & sonder plus à loisir celui de cette Misérable, qui,
avec une candeur & une sincérité peu commune à une
Paysanne, lui fit un exposé fidèle de sa vie, de son état, &
des misères de sa patrie; objets frappans, qui touchérent la
pitié & excitérent la généreuse compassion de la Princesse.

Monseigneur LE DAUPHIN, qui arriva pendant que
Madame L'INFANTE questionnoit encore la Paysanne, le
disputa encore à la générosité de cette auguste Princesse, par
le vif empressement qu'il témoigna à soulager cette pauvre
Paysanne, qui, frappée de respect à la vue de ce Prince,
tomba dans une défaillance, dont elle ne revint que par les
soins incroyables qu'il se donna pour elle. Revenue de sa

foiblesse, & ne sçachant comment reconnoître la faveur si-
gnalée qu'elle venoit de recevoir, elle se prosterna aux pieds
de ce grand Prince, qui, par un excès de cette bonté de cœur
qui fait son caractére, voulut bien lui permettre de lui baiser
la main, & lui fit encore de grandes aumônes.

Enfin, elle fut honorée de la présence de Mesdames DE
FRANCE, que Madame L'INFANTE voulut bien faire venir,
& qui toutes se signalérent par d'abondantes libéralités, &
s'intéressérent pour cette pauvre Femme auprès de Monseigneur LE DAUPHIN, à qui elles demandérent le congé du fils,
qui causoit les larmes de cette mere affligée. Elles firent plus;
pour étendre plus loin leurs largesses, elles formérent une
aumône considérable, destinée à soulager la misére des pauvres Concitoyens de cette Paysanne, qui, en faisant le portrait de ses malheurs, n'avoit pas oublié de plaider leur cause.

Cette aumône a été distribuée aux Pauvres de la Ville de
Caudebec, le 8 Octobre, & a été reçue avec de si vifs transports
de reconnoissance, que toute la Ville a retenti des actions
de graces que rendoient à Dieu & à la Famille Royale ces
heureux Protégés, qui célébreront à jamais le souvenir d'un
si grand bienfait, & l'auguste nom de Madame L'INFANTE
leur Protectrice. Voilà en peu de mots l'abrégé de cette Histoire unique, qui a besoin de tant de témoins pour mériter
d'être crue, & qui passeroit pour une fiction, si les vertus
de l'auguste Princesse qui en est le principe, ne pouvoient
encore opérer de plus grands prodiges.

Celui qui donne ce détail aux yeux du Public, encore

indigne du nom d'Auteur, étonné du récit de tant de merveilles, dont il fut témoin oculaire, au retour de cette Payſanne à Caudebec, compoſa ſur le champ la Piéce de Vers ſuivante; où, faiſant parler le cœur de la Prótégée, il tâche d'offrir à la Protectrice un hommage, qui ne pouvant être le juſte tribut qu'une exacte reconnoiſſance doit payer à tant de bienfaits, en ſera du moins la marque autentique & ſincére. Cette production n'étant le fruit que de trois heures de travail, & par conſéquent d'un tems trop court pour avoir été portée à la perfection qu'exigeroit un ouvrage réfléchi, ne peut être revêtue des graces & des beautés qui ſont le partage & le mérite de la Poëſie; elle n'auroit même jamais vu le jour, ſi le bon accueil que lui a fait l'illuſtre Princeſſe à qui elle s'eſt preſentée, n'avoit obligé ſon Auteur de la produire à l'abri d'un ſuffrage ſi reſpectable.

TRÈS-HUMBLE ET TRÈS-RESPECTUEUX

REMERCIMENT.

PRÉSENTÉ

A SON ALTESSE ROYALE

MADAME

L'INFANTE DUCHESSE

DE PARME,

Par sa très-humble Servante ANNE MÉLION, *dite* GRAND'-
LOUISE, de Caudebec en Normandie.

MIRACLE de bonté, d'amour & de clémence,
MADAME, permettez que ma reconnoiſſance
Conſacre, par ces Vers que j'oſe vous offrir,
Les bienfaits que de vous le Ciel me fait tenir.
Ce n'eſt point Apollon qui m'inſpire & me preſſe,
Vos vertus ſont pour moi tous les Dieux du Permeſſe;
Votre cœur généreux, vos attraits, vos grandeurs,
Ici me tiennent lieu de toutes les neuf Sœurs.

Voilà mon Hélicon, ma source d'Hyppocrenes,
Et mes vers sont puisés dans ces riches fontaines :
Puissent-ils exprimer le sincére retour
Que vous offre mon cœur inspiré par l'Amour...
O vous, qui connoissez cette ame bienfaisante,
D'où partent ces bontés, & ces dons que je chante,
Arbitre des Mortels, puissante Déïté;
Seul auteur, seul appui de ma félicité.

GRAND DIEU, par qui j'ai pu sortir de ma poussiére,
Et franchir de mon sort la terrible barriére;
Vous enfin, qui, touché de mes tristes malheurs,
Par tant d'heureux succès avez séché mes pleurs;
Rendez mon cœur fécond, & ma langue éloquente,
Pour chanter les vertus de cette illustre INFANTE,
Qui, par un noble effort de son cœur généreux,
M'a prodigué des biens qui surpassoient mes vœux.....

MAIS que dis-je! ô transport indiscret, téméraire!
Est-ce à toi?... Quoi, tu veux!... Reste dans ta poussiére,
Orgueilleux Vermisseau, qui, trop audacieux,
Prétends chanter la gloire & les vertus des Dieux :
Rougis de ton audace, indigne Paysanne,
Et va te renfermer dans ta vile cabanne;
Admire nuit & jour de si rares bienfaits;
Mais borne-là tes soins & tes vœux indiscrets;
Contente-toi d'apprendre à la race future
Les biens que ta produits ta brillante aventure.

En traçant ton bonheur à la poſtérité,
C'eſt célébrer la main qui te l'a mérité......
    Ces bontés, dont ton cœur reſſent tout le mérite,
Ce tendre & doux accueil qui te vit interdite,
Ce vif empreſſement à plaindre tes malheurs,
Cette compaſſion que touchérent tes pleurs,
Ce zéle généreux, cette aimable tendreſſe
Que ſignala pour toi cette auguſte Princeſſe;
Tant de vertus enfin, dont tu reſſens le prix,
Et dont ſi juſtement ton cœur demeure épris,
Demandent d'autres Vers, d'autre Panégyrique
Que les foibles efforts d'une Muſe ruſtique;
Ne pouvant en tracer l'éclat & la grandeur,
Reſpecte, admire-les, c'eſt l'encens le meilleur.
Les éloges pompeux, les brillants étalages,
Dont les ſçavans Auteurs fleuriſſent leurs Ouvrages,
De ces rares vertus n'oſeroient approcher,
Et ton foible génie oſeroit y toucher......
Sans embellir des Vers de brillantes cadences,
De tes heureux ſuccès trace les circonſtances;
C'eſt tout ce qui convient à ce juſte retour
Qu'à cette illuſtre INFANTE a juré ton amour.....
Je peindrai donc l'ardeur, qui, ſur la fin de l'âge,
Du ſéjour de mon Roi, m'inſpira le voyage :
Et quel flatteur eſpoir, quel propice deſtin
Sembloit m'encourager dans cet heureux chemin.....

Que je fentois mon cœur tranfporté d'allégreffe !
Chaque pas, chaque objet diffipoit ma trifteffe;
Bientôt je vis ces murs, dont le frappant coup-d'œil
Ne m'éblouit pas moins que l'éclat du Soleil :
C'eft-là, me dis-je alors, que m'attend la Fortune,
Courons-y terminer notre dure infortune;
Allons braver le fort, certaine qu'en ces lieux
Le Ciel y fait les Rois, & les Rois les heureux......

    QUEL bonheur inouï comble mon efpérance !
J'y parois... je me plains... on m'écoute... O clémence !
O moment fortuné, qui, dans cet heureux jour,
De LOUISE (1) pour moi fçut attendrir l'amour !....
Que ne puis-je exprimer avec quelle tendreffe
S'intéreffoit pour moi cette aimable Princeffe;
Avec quelle douceur & quelle affeftion
Son cœur s'abandonnoit à la compaffion;
De quel œil de pitié, ce Chef-d'œuvre des Graces,
Interrogeoit mes pleurs, & fondoit mes difgraces,
Et jufqu'à quels excès je vis en ces momens
Se porter de fon cœur les tendres mouvemens :
Plus fenfible à mon fort qu'il n'étoit déplorable,
Rien n'échappoit aux foins de fa main charitable;
Mon bonheur fe lifoit dans fes pas, dans fes yeux :
Qu'il eft doux, à ce prix, de fe voir malheureux !....

(1) Madame l'Infante.

Mais quels nouveaux plaisirs viennent ravir mon ame!
D'allégresse mon cœur se saisit & se pâme;
Quel est donc ce Mortel (1) dont l'air majestueux,
Par un charme secret, vient éblouir mes yeux ?
Ah! mon cœur me l'apprend, & par sa défaillance
Il me déclare assez..... Délices de la France,
Prince trop généreux, Fils du plus grand des Rois,
Pardon, si, devant vous, je demeurai sans voix;
Le respect qu'imprima votre auguste présence,
En me glaçant le sang, sçut m'imposer silence,
Et mes sens éperdus d'un bonheur si soudain,
Ne purent s'expliquer qu'en vous baisant la main.....

Quoi! vous baiser la main! ah, faveur trop insigne!
Hélas! en cet état, qui pût m'en rendre digne?
Mais ceci fut trop peu pour votre tendre Cœur;
Votre main de présens combla cette faveur;
Et pendant cette extase, où mon ame ravie
Ressentit les plaisirs les plus doux de sa vie,
Mille Cœurs généreux sur moi de tous côtés
Versoient abondamment leurs libéralités;
Mes haillons (2) à leur voix tombent, s'évanouissent,
Et des habits d'honneur me parent, m'enrichissent;

(1) Monseigneur le Dauphin, qui arriva pendant que Madame l'Infante interrogeoit la Paysanne.

(2) Madame l'Infante & Mesdames de France lui firent acheter toutes sortes d'habillements à son usage, &c.

Et mon fils, à l'abri de leur autorité,
Brave l'injufte fort qui me l'avoit ôté.....

Ah ! que n'ai-je la force & la voix du Tonnerre,
Pour faire retentir jufqu'au bout de la terre
Ces immenfes bienfaits & ces dons précieux
Que je tiens aujourd'hui de leur cœur généreux ;
Daigne plûtôt le Ciel, qui voit mon impuiffance,
Donner à ces vertús leur jufte récompenfe.

O vous (1) qui, comme moi, profitez des faveurs
Qu'attira le récit de nos communs malheurs,
Pauvres Concitoyens, à l'Amour (2) de la France
Venez tous témoigner votre reconnoiffance :
Humblement profternés aux pieds de fa Grandeur,
Rendez, rendez hommage à votre Bienfaiteur ;
Célébrez à jamais d'une louange égale
Les illuftres Enfans de la maifon Royale,
Mais fur-tout cet Appui (3) que le Ciel en ce jour
Rend l'objet de mon culte & de votre retour ;
Demandez au Très-Haut dans votre humble priére,
Qu'il conferve long-tems une Tête fi chére.....

Pour moi, qu'un temps trop court doit fixer ici-bas,
Et qui touche à l'inftant de mon prochain trépas,

(1) Pauvres de la Ville de Caudebec.
(2) Monfeigneur le Dauphin.
(3) Madame l'Infante, qui, par cette action, s'eft montrée la Protectrice
des Pauvres.

Ne pouvant dignement, comme je le defire,
Célébrer fes bontés, fans ceffe les admire,
Et jure que la Parque, en ouvrant mon tombeau,
Malgré l'effort cruel de fon fatal cifeau,
Ne pourra, dans l'horreur de la nuit éternelle,
Enfouir le fouvenir d'une action fi belle;
Que mes cendres enfin, dans le dernier des jours,
S'animeront encor pour la chanter toujours.

J. B. V. Frô, Prêtre.

Permis d'imprimer. A Rouen, ce 6 Novembre 1758. BOREL.

APPENDICES.

I.

EN L'HONNEUR DE L'IMMACULÉE CONCEPTION
DE LA SAINTE VIERGE.

ODE

SUJET.

*Louis XV, Roy de France, toujours grand et toujours
heureux dans ses projets.*

Où vont ces troupes magnanimes ?
Flandre, que vois-je en tes climats ?
Quels peuples seront les victimes
De la valeur de ces soldats ?
Je les vois sous un Alexandre (1)
Se rendre maistres de la Flandre
Par les succès les plus heureux.
Déjà ces troupes triomphantes
Couvertes de palmes naissantes
Portent la terreur en tous lieux.

(1) Louis XV.

Grand Roy, déjà Tournay, Bruxelles
Te reconnoissent pour vainqueur
Et nous sont les garants fidelles
De ton invincible valeur ;
Ypres, Menin, déjà soumises,
Furnes et Ostende conquises,

Tout cède au monarque françois.
Enflammé d'une ardeur guerrière
Il ne connoit d'autre barrière
Que le comble de ses exploits.

Pour éterniser la mémoire,
Louis, de ton auguste nom,
Il ne faut plus que la victoire (1)
Qui va te livrer Bergopzom.
François, armez-vous de vaillance,
Signalez là votre puissance,
Illustrez le sceptre françois.
C'est là que vous attend Bellone
Et vous prépare une couronne
Digne de vos brillants exploits.

Déjà cette place imprenable,
Attaquée en vain tant de fois,
Cède au monarque redoutable
Qui lui vient imposer des loix ;
En vain conduite par la rage,
Elle s'oppose à ton courage ;
C'en est fait Bergopzom n'est plus ;
Déjà tes troupes triomphantes,
Après cent victoires sanglantes
Marchent sur ses murs abattus.

Braves Cæsars, enfants de Rome,
Héros, prodiges de valeur ;
Et vous, Auguste qu'on renomme
Ne vantez plus votre grandeur ;
Rome autrefois fit des Camilles, (1)
Des Scipions et des Emiles,
Mais elle enfanta des Nérons ;
La France fait des intrépides,
Des conquérants et des Alcides,
Des Charlemagnes, des Bourbons.

(1) Grands généraux romains.

Vaillant héros, foudre de guerre
En vain de tes sages projets
La séditieuse Angleterre
Voulut arrester le progrès ;
Ses efforts furent inutiles
Et le désastre de ses villes
Lui montre qu'il faut t'obéir ;
En vain sa vive résistance
Balance un instant ta puissance,
Le françois scait vaincre ou mourir.

Qu'entends-je ! O l'heureuse nouvelle !
Mars a fermé son temple affreux,
Partout la paix se renouvelle,
Paris brille de mille feux.

Je vois au temple de mémoire
Tous les lauriers que la victoire
Fit moissonner à nos françois;
D'un autre costé l'abondance
Se plait à verser sur la France
L'influence de ses bienfaits.

Tel qui t'a vu lancer la foudre
Sur des ennemis orgueilleux
Te voit aujourdhuy se résoudre
A faire des sujets heureux ;
Plus de combats, plus de ravages,
Louis a des desseins plus sages.
Régner en paix sont ses désirs ;
Couvert des lauriers de Bellone,
Vivre tranquille sur son thrône
Voilà l'objet de ses plaisirs.

Il sçait que le devoir des princes,
Qui cherchent à se rendre heureux,
N'est point d'aggrandir leurs provinces
Par des combats toujours douteux ;
Mettre ses sujets dans les chaines,
Leur donner des loix inhumaines,
D'un tyran ce sont là les traits.
Louis au comble de la gloire

Veut éterniser sa mémoire
Par les plus signalez bienfaits.

Tantost au sein de l'abondance
Toujours guidé par l'équité,
Ce héros aux guerriers dispense
Le prix sous ses yeux mérité,
Tantost jaloux de voir la gloire,
La paix, la joye et la victoire
Se ranger sous ses étendarts,
Il recherche des jours plus calmes
Et joint à l'honneur de ses palmes
Celuy de protéger les arts.

ALLUSION.

Louis signale son courage
Par des efforts toujours vainqueurs,
Vierge sainte, il est ton image
Et le portrait de tes grandeurs ;
Louis après mille conquestes
Règne paisible sur nos testes
Et par la paix brise nos fers ;
Ainsy, Vierge, ton innocence
Brava les coups de la puissance
Du cruel tyran des enfers.

FRô, Acolyte.

(1751).

II.

IN HONOREM CORDIS SACRATISSIMI SANCTISSIMÆ
VIRGINIS MARIÆ.

HYMNUS

QUI PRETULIT ALVEARE.

(1)
Redundat.
(Texte m'.)

Tenere fletus, dum patitur (1) tuum
Maria, pectus, quis queat æmulos.
Quis possit æquos, dum triumphat
Lætitiæ cohibere motus ?

Fallor, quis exul, dum superas domos
Pectus sacratum permeat et subit,
Quis possit, inquam, dum triumphat
Luctisonos cohibere fletus ?

HYMNE
de l'Office du
Sacré-Cœur
de Marie.

Tenere fletus quis queat æmulos,
Pectus Mariæ cùm dolet anxium ?
Quis possit æquos, dùm triumphat,
Lætitiæ cohibere motus ?

Licet gementes, sidera transvolans,
Nos Virgo natos liquerit orphanos,

Terris gementes sydera transvolans
Nos Virgo natos deseris orphanos,
Præsente gaudebat patrona:
Heu! quid aget, fugiente mundus?

Lætetur orbis, pergit ad æthera
Firmare mater gaudia filiis,
Æternaque illis advocata
Usque rogat veniam relictis.

Ergo Mariæ viscera supplices
Nati periclis in mediis vocent,
Christus salutem num negabit.
Pignore quam rogat hoc Maria?

Quicumque mundi fluctibus exules
Luctantur; almæ pectora Virginis
Vocent, quietis post pericla
Illa dabit penetrare portus.

Fovere pergit Corde Mater;
Et miseros precibus juvare.

Quicunque mundi fluctibus exules
Luctantur, almæ Virginis invocent
Pectus: quietos post periclum
Illa dabit penetrare portus.

Supplex ad aras procidat impius;

Frustrata numquam Virgo vocantium

Fletus, tonantis tela sistet

Innocuo ruitura lapsu.

O Virgo numquam surda vocantibus,

(1) Condas (1) amanti pectore filios;
Cœdas.
(Texte m⁴.) Tonantis ictus non veretur

Qui gremio tegitur Mariæ.

Nos qui vagamur cæca per æquora

Da tuta, Virgo, littora tangere;

Sis stella nobis quâ profundâ

Nocte ratem dubiam regamus.

Tremenda sonti fulserit ut dies

Quâ justa judex fulmina vindice

Dextrâ vibrabit; corda telis

(2) Ferit. Objicias, feriet (2) ne natus?...
(Texte m⁴.)

O Virgo nunquam surda vocantibus!.

Reconde sacro pectore filios;

Tonantis ictus non veretur

Qui gremio tegitur Mariæ

Nos triste cæci ludibrium maris

Ad tuta, Virgo, littora dirige ;

Cordis dolorum da memores tui
Quibus redundat deliciis frui,
Da nos, eodem calle, tecum
Ad patrias remeare sedes.

Laus summa Patri pectora qui creat,
Nato Mariæ pectora qui subit,
Sponso Mariæ summa sancto
Spiritui : tribus una semper.

Amen.

M. FRô, de Rouen.

1753.

Sis stella nobis, quâ, profundâ
Nocte, ratem dubiam regamus.

Sit summa semper laus tibi Trinitas,
Quæ Cor Mariæ deliciis reples :
Fac nos adurat quæ perurit
Virgineum sacra flamma pectus. Amen.

III.

IN HONOREM SANCTISSIMÆ VIRGINIS,
SINE LABE CONCEPTÆ

ODE.

QUÆ RETULIT TURRIM.

ARGUMENTUM.

CŒLUM SOLUS INNOCENS CONSEQUITUR.

Purus informes animavit olim
Spiritus carnes, animam que cœlo
Indidit factam, bene sed reposcunt
  Numina puram.

Hinc reo cœlis reditus negatur
Sed reo certum datur ecce sydus
Quo viam discat, simul et supernas
  Reppetat ædes.

Certa, sed multis tenebris operta,
Tuta, sed multis operosa spinis,
Arcta, sed scabris solidatur illa
  Semita saxis.

Una sed longo sinuosa flexu ;
Curva, sed recto peragenda gressu,
Fausta , sed pigro lacrymosa et altis
    Consita pœnis.

Hinc cruces , illinc subeunt catenæ ;
Hic struit fallax laqueos voluptas ;
Hic dolor terret pavidos, beatisque
    Arcet ab oris.

Quinque, sexcentis lanjanda telis,
Monstra (1) currentem revocare tentant   (1) Sensus.
Et student gressus faciles dolosis
    Sistere vinclis.

Omnibus cœlo reditus docetur;
Crimen ejecit, lachrymæ reducunt,
Lilium (2) crimen rapuit, doloris   (2)
    Lachryma reddit.   Candorem.

Ergo celestis studiosus aulæ
Sensuum plectat socios (3) rebelles,   (3) Animi
Et reluctantes animos salubri   propensioris
    Subruat ictu.

Quintuplex hostis violavit atrâ
Labe candorem, niveumque pectus,
Cordis amissos oculus rependat
  Unus honores.

Usque patratum facinus perhorrens,
Numinis tentet revocare fulmen
Pœnitens, cœlum veniamque trito
  Pectore poscat.

Corpus augustis animale vinclis
Stringat et sensus subigat rebelles ;
Sic ad æternæ reditus patebit
  Gaudia vitæ.

ALLUSIO.

Cæteris pulsis, meritis beatas
Innocens cœli subit unus arces
Cæteris victis, superavit una
  Virgo draconem.

              Dominus FRÔ.

                      1753.

IV.

MINORICÆ INSULÆ EXPUGNATIO.

ODE

IN HONOREM B. M. VIRGINIS, SINE LABE CONCEPTÆ,
QUÆ RETULIT SOLEM.

Heu! luctuosis horrida cladibus,
Tot stenda sponsis, stendaque matribus
    Quid mente lymphatâ per orbem
    Angle, jubes renovare bella?

Fusus nefandum qui scelus cluit
Pacemque sanxit, fumat adhuc cruor.
    Tantos quid expertus dolores
    Usque novos meditaris ausus?

Bergas memento, par furor abripit,
Par ultor instat, Victima par cadet
    Paresque Lauri, par corona
    Excipient similes triumphos.

Dùm furta furtis addere non times,
Irata ponti numina proximam
Stragem minantur, moxque pœnas
Flagitiis meritas reposcent.

Ultore gaudent æquora jam novo,
Novusque molem fluctibus obviam
Tutum scelestis quæ ministrat
Perfugium, petit ecce MAVORS.

Immensa longo condita mœnia
Labore, grandi diruta corruunt
Fragore. Quis credat! superbus
Sponte suas Mago pandit ædes.

Ignes sed ardens Æthna vomit novus,
Imis ab antris mille neces volant
Atrisque inaccessam rebelles
In specubus posuere sedem.

Circum tremendæ quas adigit furor,
Astant cohortes; horrida bombilant
Tormenta; quis tot per pericla
Flammivomas petat ultor arces?

O mira nullis cognita seculis !
Ignita gallus, mox juga transilit;
Victorque prædones pudendis
Attonitos religat catenis.

Plaudas triumpho Gallia nobili
Dùm vincis, orbem quam bene vindicas?...
Jam cuncta terrarum, magone
Edomito tibi regna cedant.....

ALLUSIO.

Victore Gallo quam bene pingitur
MARIA Victrix! hic domat invias
Magonis arces, sed Draconis
Illa domat stigii furores.

M. Fꜰö, Prêtre de Rouen.

1756.

www.ingramcontent.com/pod-product-compliance
Lightning Source LLC
Chambersburg PA
CBHW060843180626
46818CB00004B/1572